流浪的島
The Wandering Islands

從前從前，看不到盡頭的雲海上漂浮著許多流浪的島……

流浪的島沒有名字，旅人喜歡為經過的島嶼命名，紀念
彼此的相遇，讓雲海上流傳著說不完的故事。聽說，有
個非常古老的貓頭鷹島，島上有間郵局，把夢想寫下來，
寄到郵局給未來的自己，夢想就會實現。每逢月圓之夜，
小郵差會飛越雲海，把信送到當初寄信人的手上，提醒人
們不要忘了和自己的約定。

文 | 如遇
圖 | Yun Chuan　施暖暖　林廉恩
　　Cinyee Chiu　Jocelyn Kao

收信人：小郵差歐彼兒
收信日：一百年後

未來的我，你好嗎？

現在的你應該是個見多識廣的老郵差了吧？鼻子還靈嗎？腦子還行嗎？過去的事還記得嗎？是否還想得起一百年前那個春日早晨的湖畔，空氣中瀰漫的青草氣味呢？你在湖畔遇見的女孩把一個很重要的祕密告訴了你，一瞬間，像陽光掀開了簾，你眼前一亮。過去的你都只在夢中，而現在你醒了，有一整個世界去探索。

未來的我，你想起那個春日早晨了嗎？女孩現在是否就坐在你身旁，和你一起讀著這封信呢？你替那個島取名為「我們的島」，因為那是你們相遇的地方。當年你遠離熟悉的生活，只為了去看看遠方的模樣。現在的你應該已老眼昏花，你還四處張望嗎？依舊渴望遠方嗎？

永 生 花

你在湖畔遇見的女孩把一個很重要的祕密告訴了你。女孩說……

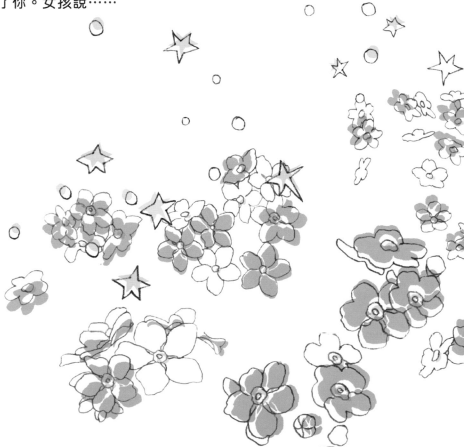

聽過永生花的祕密嗎？
那是埋藏在湖心深處，只有人魚知道的祕密。

在三個月亮的月光下親吻一朵花，
那朵花將永不老去。

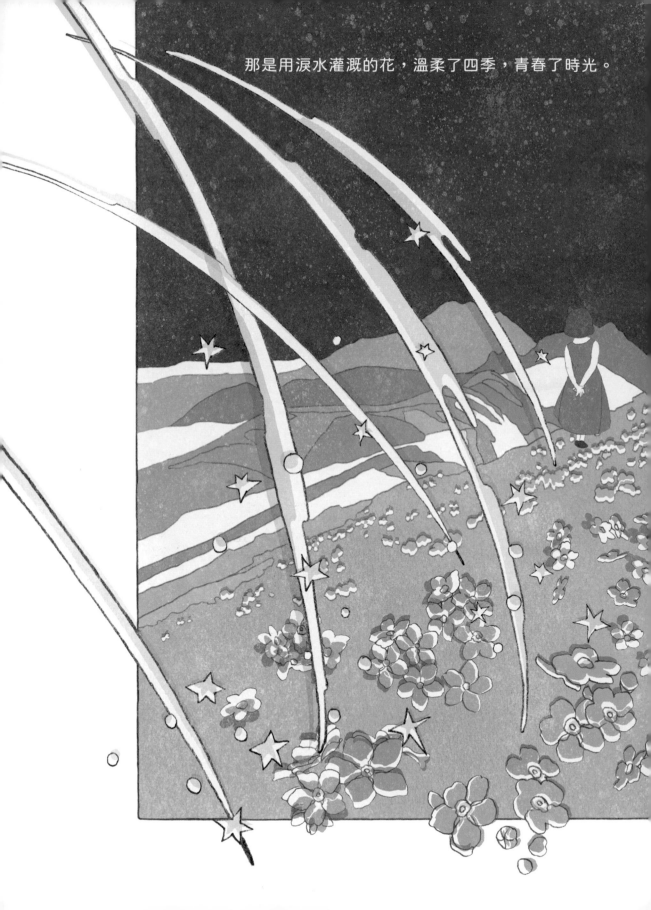

那是用淚水灌溉的花，溫柔了四季，青春了時光。

可是，去哪兒才能找到三個月亮？

三個月亮呀，在遠方，在遠方。

收信人：小郵差歐段兒
收信日：比永遠多一天

未來的我，你好嗎？

今晚你借宿在牧羊人的小島，滿天的星星數也數不清，你替
這個島取名為「數也數不清的島」。牧羊人忙着找他的羊，
沒空理會滿天星光和數星星的你。與你同行的女孩睡不着
，問了你好多問題。

「如果……明天我們還是找不到三個月亮怎麼辦？」
「明天找不到，還有明天的明天、明天的明天的明天……」
「那就是永遠了嗎？」

於是你們約好了，不管明天怎樣，都要緊緊握住勇氣的手，
直到永遠。你們的話星星都聽見了，不過它們不會告訴別
人的。

未來的我，那個約定還算數嗎？你是否還緊緊握着勇氣的
手呢？你明白了什麼是永遠嗎？

尋你的夜

你在數也數不清的島，遇見了牧羊人和他的
羊。牧羊人害怕失去他的羊，不停數著羊。
牧羊人說……

我的羊兒在哪裡呀？
聽見了我的笛聲嗎？

我的羊兒都睡啦，
夢中牠們依舊相伴嗎？

為什麼星星總是閃爍呀？

為什麼螢火蟲要躲藏？

我的羊兒都在哪裡啊？

快快回來我的身旁。

收信人：小郵差歐皮兒
收信日：告別之日

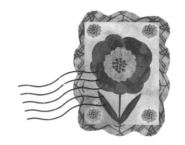

未來的我，你好嗎？

這將是你收到的最後一封信，我該寫些什麼呢？親愛的，一路風景看過，到站了。你去過多少地方？聽說了哪些故事？是否過上了幸福的日子呢？你想做的事都做了嗎？想念的人都見著了嗎？想愛的人都勇敢去愛了嗎？

你第一次搭上這班車時，車上只有你和同行的女孩，沒有其他乘客，那時的你還不識離別。後來，你不只一次搭上這班列車，為那些即將沉睡的人送上最後一封信。收到信的人，或笑，或哭，或追悔感傷，那些經過都已過去，終將原諒。

未來的我，收到這封信的此刻，你想起了誰？若列車能回頭，你想回到什麼地方？

一顆種子

那年秋天你第一次搭上前往終點站的列車，同行的女孩在車上撿到一顆種子。女孩說……

我撿到一顆種子，不知它從哪裡來？要往哪裡去？
我猜它是趁著風起時出發，不知道它經過了多少風雨？

不知道它會不會開花？會是什麼顏色呢？

會在幾月盛開呢？

我撿到一顆種子，我為它取了名字，叫做希望。
不知道它會不會開花？

收信人：小郵差歐段覓
收信日：三十年後

未來的我，你好嗎？

收信此刻，你是否感慨時光飛逝，三十年一眨眼就過去了？三十年前某個月光如水的冬夜，釀酒師邀你參觀他的酒窖，他說葡萄汁發酵完要放在橡木桶裡一段時間讓它熟成，頂級葡萄酒甚至要經過三十年陳貯才能達到適飲期，每瓶酒最有魅力的時期不盡相同，錯過了適飲期，味道有天壤之別。於是，你寫了封信給三十年後的自己……

三十年前某個風雨交加的冬夜，你獨自來到時光花園，那是園丁和釀酒師的家。園丁替你將一顆名叫希望的種子種下，後來春天來了，種子開出了一朵藍色的勿忘我，它的花瓣風乾後永不褪色，所以別名「永生花」。你想起你在湖畔遇見的女孩，她曾把永生花的祕密告訴你，那是用淚水灌溉的花，永遠不老去。你不知道還能不能再見到那個女孩，但你知道，那些心事被你悄悄封存，交給時光陳釀。不知經過了這許多時光，回憶嚐起來是什麼味道？

時　　光

釀酒師告訴你，只有願意等待的人才能收到
時光的禮物。釀酒師說……

老橡樹下的小屋是我們的家。
她種花，我釀酒。

我在日落之後甦醒，而她已沉沉睡去。
她常送我花，把想說的透過花語告訴我。
在她沉睡的時候，我很樂意照顧那些花，
和花兒說說話，就像她在身旁。

我們偶而在夢中相見，
那僅僅是，作一場夢的時光。

相聚太短，相思太長。

我們約好，等她醒來開封那罈新釀的酒。
於是等待，恰好是釀一罈酒的時光。

收信人：小郵差歐啟兒
收信日：千年之後

未來的我，你好嗎？

今晚是春分後的初次月圓，你收到了百年前寫給自己的信，你想起當年你在湖畔遇見的女孩，於是你又回到那個湖畔，就在那個盛開著勿忘我的漁村。山坡上的勿忘我依舊綻放，不知當年的女孩是否無恙？是否仍舊牽掛著那永不老去的花？明天又是漁村一年一度的春之祭了，你回想起百年前的春之祭，人鳥發怒了，天崩地裂，哭泣的孩子一夜長大。

百年前的你急欲在流浪的島上留下自己的名，眼前只有呼呼的風和無盡的遠方。百年後的我想告訴當年那個孩子，你將聽聞人鳥的秘密，你將奮不顧身去追尋；你將遇見牧羊人和他的羊，你將不再害怕失去；你將在初雪飄落之際，拾起名叫希望的種子；你將在陌生人的夢裡，發現時光的禮物；你將在春分後的首次月圓，回到原來的地方。你一路追逐，孤身前行，你失落的亦是你得到的，因你尋的不是岸，是路，是一次次的經過。你去過許多流浪的島，你的眼看過了滄桑，你的心仍和孩子一樣。

又是春天

你和漁村的老人聊起了一百年前的春之祭。
老人說……

那年春天，勿忘我的笑容一如往常，
鼓聲響起，迎花船的隊伍爬上了山坡，
孩子們高聲喊著：來啦！來啦！

花船站在了廣場上，虔誠的人們合掌仰望。
孩子們踩著高蹺，陽光照亮了他們的臉龐。

可是那一夜，
人魚發怒了，一切變了樣。

那年春天，哭泣的孩子一夜長大，
一眼望著月亮，一眼盼著太陽。
燃燒的淚水等著天亮。

你的眼看過了滄桑，你的心仍和孩子一樣

《流浪的島》延續了我第一本繪本《雲海上的小郵差》的世界觀，透過小郵差在不同時空寫給未來的自己的五封信，串起了五篇獨立故事，描述了一段尋找自己的經過。故事中，小郵差經過許多流浪的島，每一次都觸動他寫信給未來的自己。這五封寫給自己的信，訴說了他少年、中年和老年的心情，透過小郵差一生的追尋，五個故事彼此之間有了聯繫。

五篇故事由不同的畫家創作，因此我們可以在同一本書中看到電繪、手繪和拼貼，不同風格的作品，讓流浪的島展現了多元的風貌。五個故事影射了我們在關係中常見的課題，而小郵差寫給自己的五封信則透過自我對話傾訴了自己的心路歷程。他曾經追尋，曾經失去，但終於學會擁抱遺憾，找回初心。

「永生花」是一個關於初戀的故事，故事描述的是喵漁村的人魚傳說。少年拋棄了少女，遠走天涯。星星聽見少女的哭聲，從夜空墜落，變成了山坡上的勿忘我。少女化為不死的人魚，用眼淚灌溉心中永不老去的花。就像安徒生童話裡的小美人魚，為了愛情放棄一切的她最終變成了泡沫，當陽光柔和地照在變成泡沫的小美人魚身上時，她流下了眼淚。她沒有得到不

朽的靈魂，但她得到了曾經嚮往的溫暖。Yun Chuan 以地景具象化出淒美的人魚傳說，透過溫柔的色調和細膩的筆觸營造出夢幻而憂傷的氛圍，描繪了一個神秘浪漫卻帶著些許遺憾的愛情故事。

「尋你的夜」乍看之下是由淘氣的羊和庸人自擾的牧羊人譜出的夏夜幻想曲，但牧羊人與羊之間捉迷藏的互動暗示著關係中控制的課題。牧羊人為何不停地數羊呢？他到底在尋找什麼？我們有時會把愛和控制搞混了，透過照顧和給予強迫對方接受自己的控制，滿足自己的安全感。但習慣在關係中被豢養的人，要如何經驗相互尊重且平等的愛？坦誠面對自己，才能看見自己，也看見對方的存在。牧羊人的心像是填不滿的黑洞，只有當他放下控制，才能真正擁抱身旁的羊，施暖暖充滿童趣的畫風巧妙地與故事影射的意涵形成反諷。

「一顆種子」是一個關於希望的故事。女孩撿到一顆種子，開始幻想種子奇妙的旅程。想像帶她去到了春暖花開的未來，可是窗外卻開始飄雪，冬天已悄悄來臨。列車就要停靠在終點站，她的旅程即將結束，她的心依然熱切盼望。我們都是這班列車上的乘客，無一倖免，告別之日終將來臨。如果

獻給 依然擁抱初心的你
www.dreamkeepr.com

可以寫封信給告別之日的自己，你想寫些什麼呢？現在的你，期盼著怎樣一段旅程呢？在這個隱喻著死亡的故事中，林廉恩用遠景的構圖表現終點站的孤寂，並透過冷暖色對比來區別車廂內乘客熱切的盼望以及車外冰冷的現實。

「時光」是一個關於思念的故事。故事的主角是需要冬眠的蝸牛小姐和日落之後才甦醒的鼯鼠先生，聚少離多的兩人只能偶而在夢中相見。我把自己心目中對伴侶關係的期待透過這兩個角色表達了出來，蝸牛小姐和鼯鼠先生是截然不同的兩種人，卻能彼此包容、各自獨立。我相信成熟的關係不需要朝朝暮暮，更不是依賴或索取，而是信任與尊重。Cinyee Chiu 用寫意的筆觸表現時間的流動感，在簡短的篇幅中描繪出四季不同的風情以及故事中詩意的情懷。

「又是春天」藉由喵漁村的春之祭描述了一個勇敢對抗命運的故事。那年春天，聖湖的湖底噴發撼動了大地，村民冒著風雨將崩落的土石清空，讓祭典繼續進行。春之祭的最後 夜，村民圍坐湖畔，在星光下目送燃燒的花船飄向湖心，齊聲吟唱祝福的禱詞，迎接日出。他們以柔韌的心和堅毅的勇氣，努力保護心裡最重要的東西。

Jocelyn Kao 用大膽的顏色碰撞、繽紛的色彩、印花的堆疊來表現百花齊放的春天以及故事中強烈的情緒轉折。

五個故事發生在不同的季節，隨著時光流逝，小郵差歷盡滄桑後又回到了當年出發的地方，圓滿了他的旅程。不管歲月如何變遷，小郵差永遠不會老，他仍是當初那個原來的自己。他的眼看過了滄桑，他的心仍和孩子一樣。

這是為大人寫的童話，簡單的故事隱藏著不同層次的解讀訊息，全憑讀者去詮釋與體會。我希望透過豐富的圖像和深刻的故事內涵，讓內心深處還保有溫柔和純真的大人能在故事中找到感動。

如果請你寫封信給未來的自己，你會寫些什麼呢？

永生花 繪者 /Yun Chuan
尋你的夜 繪者 / 施暖暖
一顆種子 繪者 / 林廉恩
時光 繪者 /Cinyee Chiu
又是春天 繪者 /Jocelyn Kao